PAUL DUMAS

MARAUDE

SOUVENIR DES OASIS

EXTRAIT

DE LA

Grande Revue « Paris et Saint-Pétersbourg »

14, RUE HALÉVY. — PARIS

MARAUDE

SOUVENIR DES OASIS

~~~~~~~~~

I

L E petit Yesid suivait son frère Messaoud... Silencieusement, ils
avaient quitté les jaunes ruelles du village pétri de boue, et,
depuis longtemps déjà, ils erraient à travers les hautes palme-
raies solitaires... C'était l'heure du plein soleil, l'heure où tous les
êtres frappés d'une espèce de stupeur dans l'asphyxiante incandes-
cence de l'air, s'immobilisent. Dans les nets carrés d'ombre que
projettent géométriquement les fauves maisons cubiques, sous les
voûtes des rues, aux replis des sentiers décharnés, sur les terrasses
que les dattiers abritent de hautains parasols, chez les cafetiers d'où
s'exhalent des aromes lourds, au fond des basses demeures, des
formes longues, enroulées dans la laine blanche des burnous, s'affalent,
s'étendent. Et les grands aigles, les ailes rigides dans le haut du
ciel, semblent hésiter entre tant de cadavres, comme au-dessus d'une
cité morte...

II

Le petit Yesid n'était vêtu que d'une grande chemise de laine
brune, sans manches, un vrai sac, d'une saleté ingénue. Sa coiffure,
c'était un fond de chechia qui lui entrait jusqu'aux oreilles; les intem-
péries avaient décoloré ce vénérable couvre-chef qui, rose aujourd'hui,
avait été rouge naguère, sur le crâne de l'aïeul d'Yesid, et la crasse,
la crasse de trois générations pleines d'incurie, s'était à ce point
épaissie sur les bords qu'elle reluisait comme un cirage. Mais cela
laissait Yesid bien indifférent. Yesid portait là-dessous, sans l'ombre
d'une arrière-pensée, un crâne soigneusement bleui par le rasoir,
une bonne grosse tête, toute ronde, un visage fort sérieux, pacifique
et satisfait. Malheureusement des essaims de mouches s'y installaient

et y formaient de petits tas noirs, un au coin du nez — un bon nez, aux larges ailes — un autre au coin d'un œil, un autre au coin d'une oreille, et ce n'était pas bien ragoûtant à voir. C'est qu'aussi Yesid ne se mouchait jamais; pas une fois, depuis cinq ans qu'il était de ce monde, Yesid ne s'était avisé, dans la candeur de son âme, que les eaux de l'Oued qui couraient de toutes parts, dans les ruisseaux de l'oasis, pouvaient être utilisées autrement que pour la soif des palmiers et des hommes; et naturellement, les mouches qui, surtout dans ces pays brûlants, sont très gourmandes, les mouches se régalaient d'Yesid. C'est étonnant : il n'en était que plus drôle, il n'en paraissait que plus gentil. On se disait en voyant ce petit bonhomme grassouillet, plein de fossettes dans la peau dorée et poudreuse de ses jambes, de ses bras et de son paterne visage, et qui se laissait manger avec une philosophie si tranquille, on se disait tout de suite : Voilà un petit garçon doué d'un excellent caractère; il ne ferait pas de mal à une mouche.

Au désert, il n'y a ni jour de l'an, ni bazar, du moins pas de bazar au sens qu'on attribue à ce mot dans les parages du passage de l'Opéra, et les papas n'imaginent pas encore qu'il y ait au monde pour les petits garçons, des pistolets à quatorze sous. Les enfants sont donc dans la nécessité de s'ingénier pour en fabriquer qui ne leur coûtent rien. Yesid s'en était fait confectionner un par son grand frère Messaoud; et c'était une arme aussi simplement imaginée qu'inoffensive : une branche de figuier vidée de sa moelle dans laquelle s'adaptait une autre baguette qui glissait et manœuvrait comme un piston dans un corps de pompe. Cela donnait plutôt l'image d'une seringue que d'un pistolet; mais lorsque Yesid introduisait un petit caillou dans ce tube innocent et qu'il poussait le piston, ppfft! le projectile partait à dix pas en faisant un bruit de goulot qu'on débouche, et cela donnait à Yesid une joie simple dont il se contentait.

— Où me conduis-tu, ô mon frère Messaoud? demanda enfin Yesid qui en avait assez de suivre son aîné par les chemins torréfiés, entre les murs de terre qui ceignent des bouquets de palmiers immobiles, leurs panaches érigés dans le terrible feu du ciel. Yesid eût bien voulu jouer avec son pistolet, assis par terre dans un coin d'ombre...

— Laisse-moi te conduire, ô mon petit Yesid, répondit Messaoud d'un ton de voix câlin où se nuançait une perfidie. Car, ajouta-t-il, tu ne jurerais pas, n'est-ce pas, mon petit Yesid, que tu n'aimes pas les figues et les abricots?

— O Messaoud, il est vrai que j'aime bien les figues et les abricots...

— Eh bien, mon petit Yesid, je veux t'en donner à manger d'aussi bons que ceux que nous cueillerons un jour dans les jardins du bon Dieu et de notre seigneur Mohammed...

Et ils continuèrent de marcher, car il n'en fallait pas davantage pour ranimer le courage d'Yesid. Messaoud le précédait, de son pas

élastique et long qui ne faisait aucun bruit sur la terre friable, un pas
louche de vaurien habitué à des escapades où il faut aller vite et sans
se trahir. De fait, Messaoud rasait les murs, n'avançait qu'en se
voûtant instinctivement, et le capuchon de son burnous abritait deux
yeux agités et aigus qui scrutaient tous les recoins, des yeux d'aigle
pleins de soleil, qui apercevaient ensemble la tourterelle au faîte d'un
palmier et la vipère sur le chemin, deux yeux de démon capables de
voir au travers des épaisseurs. Les grands et lourds lambeaux de
laine qui drapaient d'une envergure épique ce galopin de douze ans,
laissaient passer ses deux jambes noiraudes, sans mollets, sèches et
nerveuses comme des pattes d'autruche ; et au bout de son bras droit
qui avait la couleur et la dureté d'une barre de fer, pendait un bâton
court, renflé à l'extrémité par un énorme nœud du bois, la classique
et redoutable matraque arabe, houlette de pasteur, casse-tête de
bandit.

Ils descendaient un chemin désert qui ressemblait à un chemin
dans le paradis. Dans les limbes qu'habitent les justes, règnent sans
doute ce silence, cette immobilité, cette piété muette et solennelle. Et,
dans une semblable intensité de lumière, peut-être voit-on, au paradis
seulement, une féerie comparable : ces immenses troncs nus, éperdus,
en multitude, zébrant d'une pluie de hachures de saisissantes perspec-
tives sur un poudroyant infini ; soudain des fourrés géants, des profondeurs d'ombre aussi augustes que des fruits d'or et des fleurs
divines pointillent de flammes ; et, entre un ciel d'un azur aussi cruel-
lement bleu et beau, et un sol aussi brutalement roux, une verdure
aussi éclatante, des découpures d'un tel style taillées dans le satin
d'un feuillage si flamboyant, des architectures végétales suspendues
comme par miracle à d'aussi sereines hauteurs. Il y a là des hôtes
sacrés ; dans les palmes tout en haut, de doux ménages de tourterelles,
plus bas des merles et des rossignols qui, incessamment voyagent
entre le sol et une branche de figuier ; et ras la terre, dans les chaumes,
dans le frais des luzernes, sous les lianes, au bord des pimpants ruis-
selets, une outarde stupide, énorme, des bandes de perdrix innocentes
que rien n'effare, qui ignorent la cruauté humaine.

— Pourquoi montes-tu sur ce mur, ô mon frère Messaoud ? De
là haut, aperçoit-on du moins les abricots et les figues que tu m'as
promis ?

Messaoud cramponné au mur d'un enclos, ses pieds de singe con-
tractés dans l'interstice de deux briques, et les yeux au ras du faîte,
répondit :

— Ce sont là les palmiers du vénérable Abd-er-Rebbi... Qui ose-
rait les louer ?... C'est un pauvre jardin. Je ne vois là, mon petit Yesid,
que des courges insipides et un médiocre cédrat qui reluit dans une
solitude misérable... Le pauvre est difficilement le même homme que
le généreux...

Sur cette sentence, où se distillait un mépris amer pour le véné-

rable Abd-er-Rebbi, Messaoud sauta à terre et reprit sa marche, toujours suivi de son petit frère, le bon Yesid, qui ne murmurait jamais.

Ils firent bien du chemin encore, le long des enclos. De temps en
temps, ils se jetaient le ventre à terre devant les rigoles qui, de toutes
parts, dans la joie de cet Éden, faisaient gazouiller leurs eaux vives,
et ils buvaient à longs traits, le nez dedans comme des chevaux avides.
Puis ils repartaient. Quand Messaoud rencontrait une des portes
basses pratiquées de loin en loin dans les clôtures, il la tâtait doucement d'un geste qui avait l'air d'être machinal; mais aucune ne cédait,
toutes étant prudemment verrouillées. Cependant, comme il était indis-
pensable que Messaoud prît une idée comparative des différentes pro-
priétés de l'oasis, il se hissait, tous les cinquante pas, sur les murs.
Dans ces moments-là, Yesid s'immobilisait, le pistolet en arrêt, les
yeux agrandis, le nez levé vers son grand frère. Mais d'un bond, tout
de suite, Messaoud reprenait terre. Rien ne le satisfaisait. Il était pro-
fondément outré, Messaoud. Il vouait à la vengeance de Dieu le Seul,
tantôt la barbarie de Si-Kaddour-ben-Embareck qui, maître d'un
espace de cent palmiers, n'y comptait pas deux arbres fruitiers, et ne
s'inquiétait que d'y moissonner à perte de vue une orge digne à peine
de la dent des bêtes; tantôt l'avarice sordide d'Ali-Achour qui eût
cueilli ses fruits dans leur fleur plutôt que d'abandonner une seule
pauvre figue sur la branche, à la faim des oiseaux du ciel!

— O mon petit Yesid, s'écria-t-il enfin, je vois que par ici les mains
de ces « Juifs » ont été plus agiles que les nôtres... Ils se sont trop
hâtés de dépouiller leurs arbres... Que leurs arbres soient mangés par
les taupes et que leurs abricots donnent la mort!... Je crois qu'il nous
faudra une fois de plus nous adresser à la générosité du jardin de
Salah-ben-Amar, un saint homme dont nous pouvons louer l'hospi-
talité...

— Mais, se récria vite le petit Yesid avec une mine craintive, tu
ne sais pas, Messaoud, que, l'autre jour, j'ai rencontré Salah... Oh! il
était terrible à entendre!... Il avait vu la trace de nos pieds sur la terre
de son jardin et aussi celle de nos mains sur ses figuiers... Et il allait
par les rues et même jusque dans les écoles, au beau milieu de la ré-
citation, attrapant tous les enfants par les oreilles, et il criait : « Prenez
garde, méchante graine, rejetons du péché!... Je veux que ceux de
vous qui essaieront de toucher aux fruits de mes arbres, soient dé-
vorés par les bêtes de la nuit!... » Et tu sais Messaoud, qu'on dit qu'il
est un peu marabout; peut-être qu'en effet, il s'est entendu avec les
esprits?...

— Qu'as-tu fait de ton courage, mon frère? répliqua Messaoud
avec un sourire qui fit se contracter toute sa face aiguë et se relever
sa lèvre sur ses dents d'hyène. Es-tu d'une autre race que la mienne?
Et que vaut ton bon sens?.. Je me moque des menaces de monseigneur Salah, par la bonne raison que ce niais ayant invoqué les bêtes
de la nuit, ses figues et ses abricots ne peuvent pas être sous la garde

de ces monstres, durant le jour. Qu'as-tu à répondre à cela, lâche Yesid, indigne d'être le fils de mon père ?..

Fût-ce la virulence ou réellement la logique de cette objection qui toucha Yesid, mais, du premier coup, le bon petit garçon parut bien près d'être convaincu. Il déchargea son pistolet, d'un air méditatif, sans répondre.

Alors Messaoud se remit en marche d'un pas décidé, dans une direction précise ; et ayant l'air d'abandonner son frère, il s'écria :

— Reste donc, puisque tu as peur !.. Reste avec ta faim, pauvre Yesid !.. Moi seul irai rafraîchir mes lèvres aux meilleurs biens du bon Dieu...

Du coup, Yesid ne résista plus, et il prit son élan après Messaoud :

— Attends-moi !.. Je te suis, mon frère chéri !..

Alors ils filèrent droit sur le jardin de Salah-ben-Amar.

III

Ce jardin se trouvait sur les confins de l'oasis. Là finissent soudain les enclos de palmiers, les murs de terre. De cet endroit, le regard peut suivre longtemps la haute lisière empanachée de ces mystiques profondeurs de verdure. Et l'on éprouve ici d'étranges prestiges : cette oasis donne l'idée de quelque île enchantée qui eût été prise tout à coup, par quelque magie, dans la solidification d'un océan, car, de toutes part, on a, en face de soi, l'immensité de la mer, une semblable courbe d'horizon où le ciel vient s'abîmer, la même perpétuité pour le regard, la même terreur pour la pensée, avec quelque chose de particulièrement horrible et saisissant que n'a pas la mer : l'immobilité, une espèce de catalepsie. Les premiers plans, au pied des jardins de l'oasis, offrent quelques chaumes d'orge et de blé. On voit là un campement de nomades, trois tentes de poil, brunes, écrasées au sol, laides comme trois larges poux collés à la peau d'une bête galeuse, et, entre elles, des animaux rêveurs qui, dans la disproportion de l'espace, prennent des aspects fabuleux, des miniatures d'ânes à côté de chameaux dont les formes échassières se découpent dans la lumière en sinuosités d'une élégance bizarre. Ces bêtes sont sans mouvement ; elles se résignent, le cou tendu, sous le soleil : sur les vastes grèves de l'océan, les vieilles barques échouées qui attendent le flot, ont seules cette mélancolie désolée, car elles ont un destin comparable. Une fumée claire monte faiblement au-dessus d'une des tentes, et cette fumée est tout ce qu'il y a de vivant dans cette incommensurable étendue. Il n'y a plus, après, qu'un sol de sable où de pierres, ébouriffé de grosses touffes d'herbe roussie ; cela continue par teintes changeantes, jusqu'à la pleine confusion des nuances. On aperçoit au loin, par places, des chaos singuliers, des dunes sablonneuses peut-être pareilles à des vagues figées dans leur ondulation, des barres sombres comme des nuées traînantes, ou bien d'inexplicables objets de forme monstrueuse, indéfinie, qui ont l'air d'être des épaves mortes sur quelque récif. Tout cela, dans l'universel embrasement, ne s'affirme pas et reste fuyant et innommé. Sur un seul point de l'horizon à l'occident, on découvre un rivage à cet infini : de ce côté-là, dans les lointains, s'élèvent de grands blocs roses, veinés d'azur, des choses pâles, ineffables de beauté, des morceaux de marbre sublimes. Ce sont des montagnes, derniers contreforts d'une chaîne qui s'avance en éperon vers les régions de la soif. Et cette vision surprend de joie ; on est comme les marins perdus ; on est sur le point de crier : Terre !

Yesid et Messaoud furent bientôt là, au pied du mur de Salah-ben-Amar. Mais ce qui les intéressait, en ce lieu de contraste violent et de rêverie apeurée, oh ! ce n'était pas du tout, vous le pensez bien, l'effrayant poème de cet espace, c'était le tout petit, le très joli, le très suave poème de ce jardin. Là, derrière ce mur, trois dattiers jaillissaient, partis du même point du sol et poussant leurs fûts écaillés, en sens divers, avec le gracieux évasement d'un jet d'eau. A leur ombre s'échafaudaient d'autres feuillages, en masse inouïe. Et le vieux latin qui nous décrit la luxuriante Tacape d'autrefois, eût pu dire aussi du jardin de Salah-ben-Amar : « Là, sous un palmier très élevé, croît un olivier, sous l'olivier un figuier, sous le figuier un grenadier, sous le grenadier, la vigne ; sous la vigne, on sème le blé, puis des légumes, puis des herbes potagères, tous dans la même année, tous s'élevant à l'ombre les uns des autres. » Encore le bon Pline eût-il oublié les orangers, les citronniers, les cédratiers, les jujubiers, les cactus et les abricotiers, honneur de cette propriété bénie, et dont les fruits innombrables, énormes, méritaient certes les hyperboles de Messaoud.

— O mon frère ! chuchota Yesid qui tout à coup n'osait plus... Es-tu bien sûr qu'il ne va rien nous arriver de fâcheux de l'autre côté de ce mur ?

— Tais-toi... La langue devrait être cousue aux lâches... Oh ! qu'ils sont beaux et potelés, les abricots de monseigneur Salah !... L'ouvrage du bon Dieu est parfait !... D'un bond, je vais être de l'autre côté de ce mur, dans ce séjour admirable...

Lestement, il s'élançait sur la clôture et l'escaladait comme un chat ; mais Yesid l'attrapa par un pan de son burnous :

— Frère chéri !... ne me laisse pas !... Aide-moi seulement, comme les autres fois, à arriver en haut de ce mur. Je veux te surpasser en courage. Crois-tu donc que j'aie vraiment ces craintes dignes d'une fille ?

— O Yesid ! s'écria Messaoud. J'aime à entendre de telles paroles dans la bouche de mon frère !

Il se baissa. Vivement, son frère se mit debout sur ses épaules. Et ainsi chargé, avec une grâce inconsciente d'athlète, l'aîné se dressa, fit passer ensuite les petits pieds nus d'Yesid de ses épaules dans les paumes de ses mains, et le hissa à bras tendus le long du mur; un simple élan du petit suffit alors à le mettre à califourchon, là-haut, dans les buissons drus dont se hérissait le faîte de cette faible clôture.

Maintenant il fallait descendre de l'autre côté, dans le jardin. Le mur était bien haut pour qu'Yesid, avec ses petites jambes, osât encore s'en laisser choir. Aussi, pour opérer la descente de son petit frère, Messaoud s'y prenait, à chaque fois, d'une façon très simple : il se dépouillait de son burnous, en lançait une extrémité à Yesid, qui s'y accrochait à deux mains et n'avait plus alors qu'à se laisser glisser jusqu'en bas, tandis que, de l'autre côté, Messaoud tenait l'autre extrémité du burnous et faisait contrepoids, grimpant au mur de sa main restée libre, à mesure que son frère en descendait.

Déjà il avait rejeté son capuchon et mis bas le lourd manteau de laine. Il apparaissait ainsi, sous sa chechia et dans sa gandourah déchiquetée, noir, sec, sa matraque à la main, avec une mine aiguë et féroce de brigand....

— Attends, Messaoud !... murmura tout à coup Yesid, devenu tout pâle, sur son mur, et jetant un œil terrifié du côté du jardin... N'est-ce pas le grognement d'une bête que j'entends?... Mon frère, je vois bouger, au-dessous de moi, un épais fourré de rosiers !...

Mais Messaoud lui lança le burnous d'un geste qui n'admettait pas de réplique :

— Attrape !... Tu as donc sucé le lait de quelque brebis malade?... Tu es la honte de notre père !.. Je ne marcherai plus, en face des femmes, que le front courbé, puisque j'ai pour frère un poltron tel que toi !... O pleutre qui prends peur parce qu'une misérable sauterelle ou quelque timide lézard s'enfuit sous tes pieds en faisant trembler le feuillage d'un buisson !... Vas-tu passer de l'autre côté de ce mur ! Où veux-tu que je t'abandonne là-haut, dévoré de soif, en face des fruits que ta main ne pourra atteindre?...

— C'est que... Messaoud !... la bête grogne !... la bête grogne !...

— Prendras-tu à la fin l'extrémité de ce burnous, que j'ai encore la pitié de te jeter !... O lâche !... Tu pleures !... Je ne me tiens plus de rage... Je vais te faire sentir le poids de ma main...

Yesid en pleurs, terrorisé à gauche par les sourds grognements qu'il entendait, à droite par les invectives, les menaces et les gesticulations furibondes de Messaoud, perdait la tête. Il se cramponna au burnous et, d'un seul coup, se laissa couler dans le jardin...

— Dieu soit loué ! cria le grand frère, qui lui-même parvenait au sommet de la clôture. Tu vas trouver ta récompense, Yesid !...

Mais un cri horrible lui répondit, un cri de terreur et d'agonie, en même temps que le râle de fureur d'une bête fauve qui couvre une proie...

Messaoud se pencha. Il n'eut que le temps de voir le dos roux, la large queue basse d'un chacal et, sous les dents de l'affreuse

bête, son petit frère tout blême qui se débattait dans du sang...
— Infâme Salah! cria Messaoud. O mon frère, je vole à ton
secours!...

Ce fut pour lui l'affaire d'un bond de gazelle. Déjà, avant que la
bête acharnée eût eu seulement l'instinct de lui faire face, il s'était jeté
sur elle, à genoux sur son échine; et il lui attrapa le gosier à deux
mains et serra... Et tout en l'étranglant avec un sang-froid et une
vigueur extraordinaires, comme cette gueule sanglante béait, râlait,
exhalant une odeur infecte, il cracha dedans :

— Lâche hurleur des nuits!... mangeur de cadavres!... comment
oses-tu confondre avec les charognes de tes repas ordinaires la chair
de mon frère, les os du fils du noble Abdallah-ben-Nour!... Courage,
Yesid!... Le grand saint de Dieu, monseigneur Abd-el-Kader nous
protège!... Regarde comme j'étrangle ce honteux allié du plus infâme
des hommes!

Le chacal rendit une gorgée de sang, son grognement s'affaiblit
et Messaoud sentit qu'il devenait inerte entre ses doigts. Alors, saisissant sa matraque, il acheva le fauve sur le corps de son frère, en
l'assommant de deux terribles coups entre les yeux. Puis, prenant
l'animal par la queue, il le lança sans vie à dix pas... Et Yesid apparut étendu... Du sang coulait par des trous de sa gorge et d'un bras,
la gandourah toute déchirée en était imbibée... Le pauvre Yesid s'agi-
tait faiblement, en roulant des yeux voilés...

— Mon frère... O Messaoud... murmura-t-il...

Il essaya de se soulever, mais il retomba; il perdait de plus en
plus de sang... Les chiens du douar voisin, éveillés tout à coup,
s'étaient mis à pousser des hurlements lamentables...

— Prends courage, dit Messaoud... Vois ce que mes doigts ont
fait de ton ennemi!... Sa langue trempe dans le sable...

Il s'agenouilla près d'Yesid et d'abord il commença par étancher
le liquide rouge avec un pan de sa gandourah. Une tendresse s'était
éveillée dans ses yeux, mais surtout une pensée démesurée d'orgueil.
Il se gonflait de sa victoire. Il regardait alternativement son pauvre
petit frère et cette bête féroce, aux longues dents blanches, tuée de sa
main!... Cependant le sang ruisselait toujours effroyablement, quoi
qu'il fît. Yesid gémissait encore :

— Messaoud... O Messaoud...

Celui-ci finit par dire :

— Il nous faut regagner la maison de nos parents... Sois sans
crainte, Yesid, compte sur le courage de ton frère.

Il prit le petit garçon dans ses bras et le déposa auprès de la
rigole qui amenait l'eau dans les plantations du jardin. Là, il lava les
plaies vivement et, pour en finir avec l'hémorragie, il eut l'idée de
mélanger de la terre, de l'eau et un peu de bourre arrachée au tronc
d'un palmier, de pétrir le tout et de boucher ensuite les trous de la
chair avec de cette boue. Là-dessus, il appliqua des poignées d'herbe

et de larges feuilles de figuier. Enfin il lia de son mieux ces compresses avec des lambeaux de sa gandourah. Il avait vu quelquefois le vénérable *toubib* du village faire, avec de la laine de mouton, des pansements qui n'étaient certes pas mieux réussis que celui-là. De fait, le sang s'était arrêté de couler...

— Pourras-tu te mettre debout et me suivre maintenant, ô mon cher petit frère ? dit-il en adoucissant de tendresse sa voix gutturale. Yesid s'agita. Tout son pâle visage aux yeux troubles exprimait la volonté et le courage. Mais il ne put pas se soulever. Messaoud arracha une orange qui pendait à sa portée, l'écorcha et en exprima le jus entre les lèvres de l'enfant. Yesid bava cela, les blessures qu'il avait dans le gosier l'empêchaient d'avaler. Le parti de Messaoud fut pris incontinent : il se disposa à porter son frère jusqu'au logis. La course serait longue ; le père Abdallah habitait très loin d'ici, mais Messaoud se sentait des muscles de fer. Il n'eut pas besoin de réfléchir longtemps à la façon de s'y prendre ; il allait faire un sac de son burnous, y loger Yesid et l'emporter ainsi tout simplement, sur son dos.

Mais comme il s'y préparait, une rage le prit soudain, une rage contre ce lâche Salah-ben-Amar !... Et d'ailleurs, il n'oubliait pas qu'il était venu ici pour y cueillir des abricots. Alors il se hâta : ce fut un saccage. En un instant, secoués, escaladés, brisés, la matraque aidant au besoin les bras, les plus beaux abricotiers de ce pauvre Salah furent dépouillés du haut en bas. Il ne fallait pas songer à emporter tout ce butin ; aussi, par rage, le terrible gamin s'en bourra, mordant, crachant, avalant et criant à Yesid qui gémissait, tout crispé dans le sable :

— O pauvre Yesid ! pauvre Yesid !... Si tu pouvais partager ces délices !... Qu'y a-t-il de meilleur : se délecter dans la gourmandise des biens du Très-Haut ou se venger de celui que l'on hait ?...

... Enfin il voulut s'arrêter dans ce carnage. Le soleil déclinait et l'on devait s'éveiller dans l'oasis. Salah pouvait survenir. Il était temps de déguerpir. De quelques suprêmes coups de matraque, il abattit encore plusieurs douzaines de figues qui, en vérité, lui paraissaient d'un trop bel et trop injuste ornement pour le jardin de ce traître... O fureur !... Il n'apercevait rien ici qui n'allumât sa rage. Et, avec des imprécations, il piétina encore de superbes carrés d'oignons et de carottes... Ce démon n'en eût jamais fini de détruire et peut-être en fût-il venu à déraciner les arbres et à démolir les murailles, si la vue de son frère, plus livide et dont les bandages étaient devenus sanglants, ne l'eût enfin arraché à son œuvre.

Il revêtit son burnous, enleva le petit blessé et le plaça à califourchon sur ses reins, les jambes sur ses flancs, les bras autour de son cou ; il releva ensuite successivement les deux pans de son burnous par dessus ses épaules et les maintint réunis sur sa poitrine : Yesid se trouva ainsi comme dans un sac, en effet, à la façon dont les mères,

là-bas, portent leurs nourrissons. Ce pauvre petit corps s'abandon-
nait, très lourd, geignant, et sa tête était tout de suite retombée sur
l'épaule du grand frère ; Yesid avait perdu sa chechia et, de son gros
crâne rasé, pendait, en se tortillant d'une façon lamentablement
risible, le « mahomet » — comme nous appelons la longue touffe de
cheveux qu'en vue de la mort, les croyants épargnent sur le sommet
de leur tête.

Son frère une fois installé de la sorte, Messaoud jeta, pêle-mêle
avec lui dans le burnous, autant de figues et d'abricots qu'il put en
porter. Il pliait sous le faix, mais ce n'était pas encore assez : il ra-
massa son chacal par la queue, et, sans broncher, il se disposa à le
traîner à la remorque de cet énorme bagage.

— O Salah ! s'écria-t-il, en jetant un dernier regard sur ce jardin
qu'il venait de désoler, quel est celui de nous deux qui s'est le mieux
vengé de l'autre ?... Toi, du moins, tu as été le plus lâche, qui es un
homme et qui as envoyé un mangeur de charognes se mesurer, à ta
place, avec les bras d'un enfant !... Quelle honte pour ta barbe ! J'ai
jauni ta figure ! Les femmes riront de toi !... Et si Dieu est juste, il
rendra stérile ce sol qui a bu le sang de mon frère !...

La porte du jardin était facile à ouvrir de l'intérieur ; elle fut
promptement franchie. Et, courbé, les jambes flageolantes, les dents ser-
rées d'opiniâtreté, Messaoud reprit son chemin par l'oasis... Les chiens
jaunes des nomades s'étaient dressés à sa vue, en poussant des cris ;
ils regardèrent avec effarement passer ce corps de chacal traîné dans
la poussière par ce surprenant gamin à deux têtes, et longtemps ils
continuèrent de lancer après lui leurs aboiements de terreur ; les
bourriquets agitèrent leurs oreilles ; il y eut des chameaux qui dai-
gnèrent retourner leur tête lente et stupide. Et des femmes apparurent,
dans leurs loques bleues, sur le seuil des tentes, tandis qu'autour
d'elles, une marmaille polychrome, les doigts tendus, les yeux béants,
désignaient cela...

IV

...A plusieurs reprises, durant sa marche, Messaoud interpella
Yesid :

— Que deviens-tu, mon petit Yesid ? Es-tu bien à ton aise, sur
mon dos ?... Je m'étonne que tu ne répondes pas à ma voix...

Ou bien :

— Pourquoi ta tête reste-t-elle appesantie sur mon épaule ?... Sois
joyeux : vois comme il s'écorche aux cailloux le museau de ce « chien »
que je tiens glorieusement par la queue !...

Ou encore :

— Est-ce donc toujours ton sang qui coule, ce que je sens d'humide et de chaud sur mes reins?... O Yesid, ton sang retombera en railleries et en « mauvais œil » sur la tête de ce Salah, fils de Satan ! Dieu le confonde !...

Et s'il se retournait, il voyait, en effet, un sillage rouge tracé dans la ligne de ses pas. Si sa joue, en se penchant, touchait le front de son petit frère, il s'étonnait, le trouvant étrangement froid. Et Yesid ne disait rien... Seulement, de ses lèvres, sortait un petit sifflement très faible.

Cependant, poussant des hans, baigné de sueur, Messaoud marchait toujours. Quand il n'en pouvait plus, quand il sentait que sa cervelle tournoyait dans sa tête et que ses jambes fléchissaient, il s'adossait à un mur ou à un arbre et son fardeau s'allégeait un instant ; ou bien, il s'asseyait sur quelque tronc renversé, un pied sur son chacal, anéanti, ouvrant des yeux pleins de sang et des lèvres pleines d'angoisse. S'il se trouvait au bord d'un ruisseau, il y plongeait sa chéchia, la ramenait pleine d'une eau qu'il lampait, et se la recollait ensuite sur le crâne, toute mouillée, ce qui lui raffermissait le cerveau. Ou bien, il prenait des abricots sous le derrière de son frère et il les suçait lentement...

... Enfin il aperçut Bab-el-Kantara, la grand'rue du village, devant lui. Ici encore, toujours, ce sont des jardins, des jardins plus beaux qu'on les rêve, la foule adorable des sveltes colonnes un peu fléchies dans des postures lasses, et dressant dans l'espace bleu de lourdes frondaisons orgueilleuses. Seulement, ici, à l'ombre ciselée des palmes, dort une ville heureuse, une cité semblable pour la couleur des édifices, à celles qu'en petit bâtissent les fourmis avec les déblais de leurs demeures souterraines. Les huttes se suivent, basses, inégales, percées de trous, se jetant des ponts et des voûtes, hérissées de longues gargouilles de bois, informes, et cependant ayant un style, un style troublant, hiératique, qu'elles doivent à la monotonie de leur équerre éternelle projetée en arêtes immobiles, en larges quadrilatères sombres sur la nappe d'azur du ciel.

Bab-el-Kantara mesure trois mètres de large ; un petit canal où l'eau bondit, la suit tout du long de ses tortueux caprices, se jetant sous des ponceaux, reparaissant, se croisant avec d'autres, aux carrefours, et quittant parfois son lit de marne pour des gaines en troncs de palmier.

Il y avait longtemps déjà que Messaoud n'avait plus entendu la voix ni même la respiration d'Yesid, longtemps aussi que lui-même n'avait plus parlé à son frère, car, à la fin, il s'écroulait de fatigue, il n'avait plus de souffle, il expirait. Mais la vue des premières maisons lui rendit toutes ses forces. Il s'agissait de faire une entrée triomphale. Et, d'une voix écorchée, haletante, il cria du plus loin qu'il put :

— O gens !... Accourez sur vos portes !... Je suis Messaoud, fils d'Abdallah-ben-Nour !... Et j'ai jauni la figure d'un homme lâche !...

Si vous n'êtes pas des chiens, louez-moi avec Dieu, car j'ai tué cette bête de ma main !

En même temps, il brandissait son chacal. Mais, là-bas, il faut un événement tout à fait important, par exemple, que les maisons s'écroulent ou qu'un voyageur altéré frappe aux portes en se disant « hôte de Dieu », pour arracher les fatalistes habitants de cette douce Cythère à leur engourdissement méridien. Messaoud ne fit pas son entrée au milieu d'un grand concours de populaire. Un nègre qui passait très vite, poussant un bourriquet à coups de matraque, eut l'air surpris et se mit à rire, tout en lui disant :

— Tu es plus intrépide qu'un homme à la longue barbe, jeune garçon !... Bô ! bô !... Louanges à Dieu ! voilà une bête qui ne fera plus hurler nos chiens !

Une courte impasse s'ouvrait à un endroit de la rue, et, voûtée presque entièrement, faisait un repaire d'ombre. Et là, une grande fille était debout, appuyée à la muraille de briques, immobile, statue de bronze aux longs bras nus, aux seins dressés, avec de larges yeux fixes de sphinx ; de sa hanche creusée, tombaient des plis d'étoffe indolents et, sur son front, une soie verte accentuait d'un ton cruel sa beauté.

— Hé ! Fathma !... Regarde, Fathma ! cria Messaoud. Que dis-tu de cet animal que j'ai tué de ma main ?

Mais il passa, car, bien qu'il eût crié très fort et brandi son chacal avec la plus grande énergie, Fathma ne l'avait pas entendu, Fathma ne l'avait pas vu. En ce moment, derrière ses grandes et bestiales prunelles, brûlait une pensée d'amour, et cela l'empêchait de discerner qui que ce fût, autre qu'El-Arbi-Merghouz, le beau des beaux, l'amant qu'elle attendait...

Il parvint à une petite place où se tenait le marché de la boucherie : on y voyait des mendiants, aveugles, lépreux, boiteux, accroupis dans le soleil, à l'entrée de Djamaâ-Kébir, la grande mosquée qui n'est qu'une humble construction de boue. Les misérables se tiennent là, poussant des appels lamentables, humant les fétides odeurs des éventaires horribles : noirs quartiers de chameau, débris informes et infects, tas putrides de têtes de moutons, offerts au passant, parmi de verdoyantes envolées de mouches, par des bouchers épouvantables. Messaoud fit peu d'effet dans ce milieu de carnage. Mais son succès fut très grand, quelques pas plus loin, à un carrefour où des enfants jouaient.

Des petites filles pavanaient leurs corps fluets dans leurs oripeaux éclatants ; c'était étrange et d'une grâce perverse, la façon lente dont elles ondulaient déjà leurs flancs maigres en agitant des foulards. Ailleurs, de tout petits porteurs de burnous, assis en rond, faisaient gravement des tas de poussière ; les enfants, là-bas, sont sans turbulence. Il y en avait de plus petits encore que leur sœur aînée ou des

vieilles portaient sur le dos, et dont on ne voyait que la grosse tête
morveuse où frisaient des cheveux grêles, barbouillés de henné, ce qui
faisait drôle, ces boucles en feu sur ces teints olivâtres. Les femmes
avaient des chevelures énormes comme des mitres, des tresses de
laine encadrant des ovales aigus; elles bombaient extrêmement des
poitrines osseuses; leurs vêtements avaient un large et noble abandon,
haillons criards, pans délabrés, que rattachaient des épingles d'argent,
longues comme des poignards; des anneaux, des boucles et des col-
liers à profusion les écrasaient, lourds et barbares joyaux, incrustés
de sanglantes larmes de corail.

— Hé!... Hé!... cria triomphalement Messaoud, en tombant avec
ses trophées, au beau milieu de ce monde. Je vous apporte, ô filles!
de quoi étonner vos yeux!

Aussitôt, il y eut un branle-bas, les danses s'arrêtèrent, les petits
accoururent; ce fut des cris! On entoura Messaoud; trente yeux, en
cercle, furent, en un instant, braqués sur lui. Il soulevait son chacal;
il était pâle d'orgueil plus encore que de fatigue :

— Grâce à Dieu, mes enfants, vous le voyez!... Je l'ai étranglé en
le serrant avec mes propres mains!... Bien que vous sachiez tous qui
je suis, je proclame que je suis Messaoud, fils du vénérable Abdallah-
ben-Nour!

Des doigts s'étaient tendus vers lui et des voix murmurèrent :

— Du sang... Tu es couvert de sang, Messaoud...

Et, sur le dos d'une petite fille, un nourrisson prit peur tout à
coup et se mit à pousser des cris.

— Qu'as-tu fait de ton frère, Messaoud? s'écria une des vieilles...
Il repose sur ton épaule, dans la pâleur de la mort...

— C'est que tout son sang a arrosé la terre, ajouta une autre.

— Regagne vite le logis de tes parents, malheureux! dit une
troisième. Mais je crains bien que ta mère n'ait à se déchirer le visage
dans le deuil...

— O, vieilles mères, repartit Messaoud, ne vous faites pas oiseaux
de malheur; je mérite vos louanges, j'ai arraché mon frère aux dents
de cette bête féroce.

Mais elles paraissaient consternées à la vue d'Yesid dont une
d'elles souleva avec compassion la tête alourdie. Alors la blessure du
cou apparut, affreuse, pleine de sang caillé, car les pansements faits
par Messaoud s'étaient déplacés.

— Infortuné! gémirent les vieilles... Il est frappé comme les
agneaux par le boucher.

Les petites filles avaient peu à peu reculé avec crainte. Seuls, les
garçons restaient là, admirant le sang, la bête, ses longs crocs aigus :

— Il a fallu des bras forts pour en venir à bout...

— Assurément...

— ...Et l'aide de Dieu, de Monseigneur Abd-el-Kader et de

Monseigneur Aïssa ! Salut sur eux ! murmura pieusement une des vieilles.

— Qu'un de ces chiens de nuit ait le courage de passer sur ma route et j'en ferais autant que toi, Messaoud ! osa dire un bravache qui était haut comme une botte.

— Nous t'en défierions, vantard ! crièrent les autres aussitôt.

Et comme Messaoud se remettait en route en les gratifiant d'un sourire hautain, ils lui firent escorte, marchant autour de lui, à distance respectueuse et rappelés en vain par les mères.

Ils prirent ensemble de petites rues, un dédale solitaire qu'encombraient de loin en loin des détritus. Ils s'arrêtèrent aux portes des cafetiers, hélant les gens, troublant de leurs cris les béatitudes des fumeurs de kief. A la porte de la zaouïa où, entassés par terre, d'autres enfants récitaient à tue-tête les saints versets, ils firent un tel vacarme que le vénérable maître dut les cingler par la porte, du bout de sa longue baguette flexible.

Peu à peu, ils s'étaient enhardis et n'avaient pas craint de demander à Messaoud la grâce de pouvoir traîner le chacal à tour de rôle :

— O Messaoud, sois aussi généreux que fort...

— Laisse que je te débarrasse de ce poids...

— Donne-moi, à mon tour, la gloire de porter le corps de ton ennemi...

Magnifiquement, Messaoud avait eu la générosité de consentir. Au fond, il n'était pas fâché de se sentir ainsi délesté, il était à bout. Mais il approchait du logis et il ne tarda pas à se faire rendre sa bête. A force d'avoir été traînée sur le sol, elle était dans le plus triste état ; la tête littéralement écorchée ne formait plus qu'une bouillie autour de laquelle s'envolaient déjà des milliers de mouches.

...Enfin il arriva...

La porte de la maison était ouverte :

— Le salut soit avec toi, ô mère ! dit Messaoud, en se dressant sur le seuil.

Il lança le corps du chacal au milieu de la pièce obscure, et, avec un grand soupir de soulagement, lâcha les pans du burnous ; mais il n'eut que le temps de jeter les bras en arrière pour retenir Yesid qui, lourdement, lui dégringolait des épaules, au milieu d'une pluie de figues et d'abricots. Il l'étendit à terre, sans savoir, sans le regarder, exténué, le souffle perdu, et, tout de suite, il fut à genoux, les lèvres avidement collées à l'humide peau de bouc qui pendait d'une solive du toit et d'où dégouttait l'eau fraîche.

— Te voilà, Messaoud ? dit une voix gutturale dans l'ombre. Que nous rapportes-tu, cette fois encore ? As-tu fait au moins une course fructueuse ?

Et derrière un grand métier où se tendait la trame blanche d'un burnous, une femme se leva lentement. Elle était d'une grande et sombre beauté, avec ses yeux férocement agrandis par le koheul, les tatouages bleus de sa face allongée, sa coiffure outrée, les lourdes boucles d'argent qui lui battaient aux joues. Elle fit un pas et ce fut un cliquetis de tout son attirail de miroirs, d'amulettes, de gourmettes et de bracelets...

Et tout à coup... Oh ! les mères ! Qu'importe la latitude ! Elles ont partout les mêmes entrailles avec les mêmes cris !... Elle avait vu Yesid par terre :

— Mon fils ! cria-t-elle, en s'élançant, les bras tendus, — mon œil, mon âme !...

Elle s'affaissa auprès de lui. Pauvre Yesid !... Il gisait, presque nu, les bras ouverts, avec une figure de cire toute barbouillée de rouge, qui avait un lugubre sourire. Déjà les affreuses mouches couraient sur ce pauvre petit visage et sur le bras aussi, autour des plaies. Le bon Yesid se laissait manger comme toujours, sans bouger; mais cela ne donnait plus à rire maintenant, cela était bien triste, car si le bon Yesid ne bougeait pas, hélas ! c'est qu'il était mort...

La mère resta écrasée là, quelques secondes, les yeux tout grands, à regarder ce cadavre. Puis de petits cris aigus lui sortirent des lèvres; et tout à coup, elle poussa des hurlements en se déchirant le visage de ses ongles teints. Au bruit, Aïcha, une vieille, — la première et stérile épouse d'Abdallah, — qui, dans une autre partie de l'habitation, tournait la meule, accourut. C'était une bien misérable créature, haillonneuse, la figure flétrie, sèche et stupide de l'éternelle et muette souffrance. Elle se mit aussi à pousser des cris suraigus et à s'égratigner le visage. Cette douleur, qu'en réalité elle n'éprouvait aucunement, la distrayait de toutes celles qu'elle éprouvait, sans cesse, l'humble esclave ; pleurer sans chagrin, c'était une diversion dans sa vie de chagrin sans larmes. Et ses hurlements étaient bien plus stridents que ceux d'Haouâ, la mère.

— Mon fils ! finit par articuler celle-ci... Est-ce bien toi, ô mon fils chéri, Yesid le bien aimé !...

Elle prit le petit corps dans ses bras.

— Il est mort !... hurlait la vieille Aïcha. Il est mort, Yesid le bien-aimé ! Et voilà ses membres transpercés !... Que va dire notre seigneur ?...

— Aïcha ! Ma sœur ! Ma mère !... Compatis à ma douleur !... De grâce, pendant que je tiendrai mon fils chéri dans mes bras, prends de l'eau pure, lave ses membres vite et doucement... Consulte aussi le sang d'une poule... Je veux voir se rouvrir ses yeux !... Aïcha !... Ma sœur chérie !...

— Eihh ! eihh ! sanglota Aïcha en allant à l'outre remplir d'eau une calebasse de bois. Et, tout bas, elle savourait ces mots tendres, inconnus : « Ma sœur chérie ! » cette humiliation soudaine de la méchante rivale abhorrée.

— Ses yeux ne se rouvrent pas, malheureuse Haouâ ! gémit-elle encore avec une sourde joie, en lavant le petit corps pâle... Tu es une mère infortunée! Prépare-toi à souffrir dans tes entrailles...

Les hurlements d'Haouâ redoublèrent :

— O mon petit enfant!... Ne t'ai-je point fait péniblement avec ma chair et mon lait?... Ce n'est pas l'affaire des enfants de mourir... Qu'ai-je fait à Dieu pour qu'il m'envoie cette épreuve? Que t'est-il arrivé, mon fils chéri, mon souffle, mon cœur!... Pourquoi es-tu dans le sang?...

Elle se leva soudain, toujours avec Yesid entre ses bras :

— O Messaoud! cria-t-elle. Enfant maudit, pourquoi me rapportes-tu ce corps inanimé?... Qu'as-tu fait de ton frère?...

— N'accuse, ma mère, que les dents de ce « chien » que voilà, et la perfide lâcheté de Salah-ben-Amar, répondit avec le calme de l'orgueil Messaoud, encore haletant...

— Misérable! rugit la mère, ô maudit qui as livré au chacal son frère comme un âne crevé!... Parle... Dans quel piège l'as-tu jeté?...

— Baisse seulement les yeux, se contenta de répondre encore Messaoud du haut de sa morgue, et vois ces fruits du bon Dieu que je t'apporte. Cette vue te donnera l'explication que tu cherches.

Et il se tut obstinément, indifférent aux imprécations de sa mère. Il ne se souciait pas de se justifier devant des femmes.

Mais justement le vénérable seigneur Abdallah-ben-Nour apparut, en cet instant, sur le seuil. Aussitôt, il y eut une explosion de cris perçants :

— Seigneur!... seigneur!...

Et il fut assailli, entouré. Haouâ lui présentait le corps d'Yesid, Messaoud tenait le chacal soulevé devant lui, et, bien basse, l'échine ployée, Aïcha lui baisait doucement la main. Elle glapissait plus fort que tous :

— Il est mort!... Il est mort, Yesid le bien-aimé!...

— Regarde, seigneur, cette bête que j'ai tuée de ma main, s'écriait Messaoud...

— Seigneur!... gémissait Haouâ. Seigneur!... Voilà le corps du fils que tu m'avais donné... Mes yeux ne cesseront plus de couler... Seigneur...

Abdallah resta grave et muet. C'était un homme d'imposante stature, lent et superbe dans la vaste solennité de son burnous. Peut-être cependant, sous l'apparente insensibilité de son masque d'airain, contenait-il une certaine affliction, car il regardait fixement le cadavre d'Yesid en tirant sa barbe grise. Il finit par dire :

— Quand parlerez-vous les uns après les autres? Soyez clairs. Expliquez-moi, autant que se peut expliquer la sainte volonté de Dieu, comment il s'est fait que j'ai perdu Yesid, le second de mes fils.

— Seigneur... commença Haouâ.

— Seigneur!... cria en même temps Messaoud par-dessus la voix de sa mère, tandis que la lamentable Aïcha reprenait ses hurlements :

— Il est mort, seigneur, Yesid le bien-aimé!...

Mais d'un regard le maître impatienté cloua leur langue. Ils se turent tous, d'un seul coup, humblement.

— Haoua, commanda-t-il, parle la première...

— Seigneur, balbutia la mère éplorée, en tendant toujours ses longs bras nus, chargés du pitoyable petit mort, vois les blessures qui couvrent le corps de ton fils... Il a expiré sous les dents du chacal... Je n'aurai pas assez de larmes pour pleurer sa perte... Il était la fleur de ma vie... Il promettait d'être l'orgueil de son père. Et qui dois-tu maudire, qui a été l'assassin de mon Yesid, qui l'a jeté à la faim de la bête ignoble?... C'est lui! C'est ton fils aîné, c'est Messaoud!... Pourquoi ai-je mis au monde ce monstre qui se promettait de tuer son frère!...

— Seigneur, interrompit Messaoud, les larmes aveuglent les yeux de ma mère. Daigne m'écouter et garde ta rancune pour le plus lâche des chiens, qui s'appelle Salah-ben-Amar...

— Que Dieu le bénisse! s'écria Abdallah. Enfant! apprends à parler avec respect des vieillards et des saints de Dieu...

— Cependant sache, seigneur, la perfidie de cet homme qui a confié la garde de ses palmiers à un mangeur de charognes... Tu avais trouvé plus doux que le miel les fruits que je t'avais rapportés de chez Salah l'autre jour. Alors j'ai pensé qu'il te serait agréable d'en manger encore...

Admirable simplicité, de ces hommes, mœurs patriarcales! Le noble Abdallah-ben-Nour ne nia point qu'il avait trouvé excellents les fruits dérobés une première fois au vénérable Salah-ben-Amar, et qu'en effet il eût été satisfait d'en agrémenter de nouveau son cousscoussou...

— ... Donc, poursuivit Messaoud, j'ai dit à mon frère Yesid : « Mon frère, allons dans le jardin de Salah chercher des abricots pour le régal du seigneur notre père. » Et nous sommes descendus dans le jardin de Salah. Alors le chacal a sauté sur mon frère... O seigneur, je te rapporte néanmoins les abricots que voilà, et je te rapporte aussi cette bête étranglée par mes mains, afin que tu puisses juger de ma force.

Ce père, dont les bras ne se seraient pas tendus vers le cadavre de son enfant, prit du moins cet animal crevé et l'examina avec une sollicitude attentive.

— Regarde, dit Messaoud, vois-tu la trace de mes doigts sur son cou?... Et, tu vois, les os de sa tête ont été fracassés par ma matraque.

Un sourire, une joie fauve, éclairèrent soudain le noir et rude visage d'Abdallah, et il couva son fils aîné d'un œil enflammé d'orgueil :

— Messaoud, mon fils, dit-il en lui imposant sa main droite sur la tête, ton âme est intrépide, tu as des bras de fer, tu seras la terreur de tes ennemis et le soutien de ma vieillesse... Dieu soit loué ! Va avec la bénédiction de ton père !...

— Seigneur !... Seigneur... gémit la mère d'une voix déchirante, en offrant encore au regard du maître le cadavre d'Yesid.

Mais il lui imposa silence durement :

— Il n'arrive rien, ô femme, que par la volonté de Dieu. Que la volonté de Dieu soit faite ! Ce qu'il fait est parfait. Tout passe, lui seul est éternel. Oserais-tu gémir davantage, alors que pour un fils qu'il t'enlève il donne à l'autre l'âme d'un homme ?

— Seigneur... bégaya encore la pauvre Haouâ, abîmée, stupide à la fois de douleur et de crainte.

Mais il dit :

— Assez de ces cris de deuil. Je veux que ce « chien » soit pendu à la porte pour que les gens le voient et disent ce qu'ils penseront de la force de mon fils Messaoud...

— You, you, you ! hulula aussitôt en signe de joie la vieille Aïcha, qui se hâtait servilement de renchérir sur la satisfaction de son maître.

Et, aidée de Messaoud, elle courut suspendre le chacal à la porte, avec des cordes en poil de chameau.

Réfugiée derrière la trame blanche de son métier, toute seule, la mère berçait son pauvre petit Yesid, et, tout bas, elle sanglotait.

PAUL DUMAS.

Paris. — Imp. PAUL DUPONT, 4, rue du Bouloi. — 137.5.90.